AVENTURES

DE REPORTERS DE GUERRE

EN PARTICULIER D'UN REPORTER PONOT

MESDAMES, MESSIEURS,

L'an dernier j'avais le périlleux honneur d'inaugurer nos confé-
rences, aujourd'hui c'est moi qui les clôture et c'est plus périlleux
encore, car je succède à des conférenciers dont la parole, aussi
élégante qu'éloquente, a méritoirement moissonné tous vos
applaudissements.

J'espère pourtant que le sujet que je vais avoir l'honneur de
traiter devant vous, *Aventures de reporters de Guerre*, vous intéres-
sera humainement et patriotiquement, car dans notre Velay on
est toujours écouté avec bienveillance quand on parle de courage
et de patrie.

Ce sujet n'est pas un parterre fleuri où je pourrai, Mesdames,
cueillir des roses pour vous les offrir, mais c'est un champ d'honneur parsemé d'émotions bien françaises qui feront, en dépit de
l'insuffisance du conférencier, vibrer votre âme et votre cœur.
Parmi les horreurs de la guerre, à part les hauts faits des vainqueurs, je ne connais rien de plus intéressant et je dirais aussi de
plus amusant, si l'on pouvait faire abstraction des blessés et des
morts, que les aventures risquées des journalistes qui, librement,
vont au devant de tous les dangers auxquels est exposé le soldat,
se glissent à leurs risques et périls jusqu'au champ de bataille et,

1

les bottes comme les mains parfois encore ensanglantées, écrivent, pour leur journal, les épisodes vus et vécus, pris sur le vif.

Ces journalistes sont les reporters de guerre qu'on nomme aussi correspondants militaires.

Ils courent des dangers plus fréquents sinon plus redoutables que le soldat, car celui-ci ne rencontre pas l'ennemi tous les jours, il a des repos intermittents, de longues marches et contre-marches, il est dirigé par une stratégie de laquelle il ne peut s'affranchir, tandis que le reporter, libre de toute discipline, avide de voir et de raconter, marche au canon avec une hâte joyeuse, et plus l'affaire est dangereuse et chaude, plus il s'empresse d'y courir, de s'y mêler, car son récit sera d'autant plus intéressant qu'il aura vu de plus près la bataille.

Cependant comme en toute spécialité, il y a des variétés : dans son très intéressant volume, *La France envahie*, mon confrère de la société des Gens de lettres J. Claretie, qui a été reporter de guerre en 59 lors de la campagne d'Italie, et en 70-71 lors de la dernière invasion, esquisse ainsi ces variétés : « Nous avons le correspondant sévère qui étudie *Le droit des gens*, cite Martens et lit Polybe. Celui-là est rare. Puis le correspondant fantaisiste suivant la campagne comme il ferait le voyage de Saint-Cloud, et ne voyant qu'une partie de plaisir dans cette partie de douleur. Ce correspondant fantaisiste est à l'armée un fléau, il arbore des costumes improbables, se passe des pistolets à la ceinture et se donne gratuitement des allures de bachi-bouzouck. Son rêve est d'être pris pour un officier étranger, un irrégulier ; il n'est généralement pris que pour un espion. Le correspondant qui voit la bataille du fond d'une chambre d'hôtel est très répandu. Il confectionne, avec les journaux de la localité, des articles pour les journaux de Paris, où généralement il se met en scène. Il n'hésite pas à s'écrier comme le pigeon de la fable : J'étais là telle chose m'advint. Il ne lui advient jamais rien que la note de l'hôtelier au moment du départ. »

Ce n'est pas ce reporter qui aura nos préférences, mais celui dont l'éminent académicien dans un autre volume intitulé : *Sur les champs de bataille* parle ainsi : « Le correspondant de guerre, lorsqu'il n'est pas l'indiscret et l'imprudent informateur de l'ennemi, c'est le compagnon du soldat, celui qui conte ses souf-

frances, constate son courage, qui, dans le sang anonyme et les
cadavres de l'horrible tuerie, recueille un nom, ramasse comme
un débris d'héroïsme, transmet à l'avenir un dévouement qui sans
lui serait obscur. C'est une autre façon de clairon. C'est comme
un représentant de la patrie qui met ceux qui tombent à l'ordre
du jour et les décore d'une goutte d'encre comme d'une larme de
gloire. »

Eh bien, c'est à cette dernière variété qu'appartient un reporter
vellave dont nous allons particulièrement raconter les aventures.
Ce qu'il décrit, il l'a vu de près. Souvent même, comme je vais vous
l'exposer avec pièces à conviction, il l'a vécu pour son propre
compte.

En somme, qu'il soit Ponot ou Parisien, le reporter n'est pas
un pékin banal, comme eut dit Augereau qui, discutant avec Tal-
leyrand déclara : « J'appelle pékin tout ce qui n'est pas militaire ! »
Et à quoi le fin diplomate répondit : « et moi j'appelle militaire tout
ce qui n'est pas civil. »

L'un de ces pékins est devenu illustre, c'est Stanley qui, parti
d'abord comme simple correspondant du *New-York-Hérald* pour
retrouver en Afrique le Dʳ Livingstone, devint l'explorateur et le
conquistador connu du monde entier. D'autres se sont acquis de
glorieuses réputations par leur talent, leur intrépidité, l'intérêt de
leurs aventures, par exemple Ludovic Naudeau, du *Journal*, qui a
failli périr cent fois de mort tragique dans la guerre russo-japo-
naise où il fut fait prisonnier par les défiants Nipons ; plus récem-
ment, M. Jean Carrère, correspondant du *Temps*, et qui a failli
être assassiné à Tripoli de deux coups de stylet d'un indigène
mécontent de ses articles, selon ce fanatique trop favorables à
l'Italie ; enfin tout dernièrement, M. Jean Rodes, autre correspondant du *Temps*, très intéressant, très renseigné sur les événements
de Chine et qui s'est très fréquemment exposé aux plus grands
dangers, notamment en visitant, seul, les ruines fumantes de
Hankéou que les impériaux avaient furieusement incendiées pour
en déloger les rebelles. Et tant d'autres dont le dénombrement
serait trop long et dont plusieurs sont morts, insouciants martyrs
de leur courage professionnel, et vous verrez que c'est par miracle
que le correspondant ponot dont nous allons nous entretenir n'a
pas été tué ou pour le moins fait prisonnier.

Ainsi que le reporter du romancier Rudyard Kipling, Dick Heldar qui, étant censé travailler à la peinture des navires, fut engagé comme dessinateur des scènes de guerre, par un journal, tandis qu'il faisait une esquisse au pied d'une redoute dans la campagne des Anglais au Soudan, notre compatriote alors étudiant en médecine devint reporter de guerre de façon assez originale. Un jour du commencement du siège de Paris, tandis que dans la cour du collège Albert-le-Grand, à Arcueil, abandonné par les dominicains et réoccupé par une ambulance de la Société de Secours aux blessés, notre jeune ponot fumait sa cigarette, avant d'aller faire aux blessés les pansements du matin, un courrier des ambulances de la Presse arrivant à franc-étrier, après avoir échappé aux coups de feu des grand's gardes, met pied à terre dans la cour et demande au chirurgien en chef quel est celui de ses aides qui écrit sous le nom de *major Marcel?*

— Major Marcel? Connais pas... répond le chef.

Le courrier insiste et dit que sûrement, d'après les détails d'un article envoyé au journal *Le Gaulois*, cette signature doit être un pseudonyme d'un membre de l'ambulance.

— Attendez, répond le chef après avoir réfléchi, c'est peut-être un étudiant qui nous est venu sous les auspices de la Société des gens de lettres, et il lui indique dans un groupe un jeune homme coiffé d'une casquette blanche et d'allure plutôt gaie en dépit des circonstances tragiques.

— C'est à M. le major Marcel que j'ai l'honneur de parler? demande le courrier des ambulances de la presse en abordant l'étudiant.

— Parfaitement, Monsieur...

— C'est vous qui nous avez envoyé l'article sur le franc-tireur Martin, des *Eclaireurs de la Seine?*

— Moi-même.

— Eh bien, j'ai à vous faire des propositions de la part du journal *Le Gaulois*.

— Voulez-vous entrer dans l'établissement, dit le major Marcel, d'un air détaché, mais au fond enchanté et fier de l'aubaine.

Laissant à droite les salles du rez-de-chaussée et du premier, où l'on entendait gémir et parfois crier les blessés, il conduit son visiteur à une cellule de moine, sous les toits, et qui est sa chambre.

Le courrier de la presse décline ses noms et qualités : c'est l'éditeur Vermot, le même qui, plus tard, devait créer l'almanach, universellement connu, et qui porte son nom. Il était pour le moment un des commanditaires occasionnels du *Gaulois* dont le directeur Tarbé était parti par ballon en province lors de l'investissement de Paris.

— Vous êtes admirablement placé pour faire du reportage militaire, dit l'éditeur, en regardant par la fenêtre.

— Mais oui, d'ici, j'assiste, presque chaque jour, à la chasse à l'homme ; tenez, derrière le plus gros des arbres à droite, il y a un Prussien en sentinelle perdue. Plus près de nous, sur la gauche, un trou d'homme, et dans ce trou un marin français dont on distingue de temps en temps le béret bleu. Dès qu'ils s'aperçoivent, ils se tirent dessus... C'est intéressant et dramatique comme une embuscade de bandits corses..... Vous ne voyez pas? Prenez ma jumelle... elle est excellente.

Tout à coup : pan... pan... deux détonations et une balle s'aplatit contre l'encadrement de pierre de la fenêtre.

— Vite, retirez-vous, dit le major Marcel.

— C'est sur moi qu'on tire? demande l'éditeur.

— Sur vous parfaitement... Il est très dangereux de s'encadrer longtemps dans une embrasure, la silhouette s'y découpe trop nettement, c'est une véritable cible, j'en ai fait l'expérience il y a trois jours à la redoute de Châtillon lorsque je cherchais à voir les tirailleurs prussiens à travers une porte de jardin.

— Vous avez assisté à la prise de la redoute?

— J'ai été des derniers à l'évacuer. Elle n'a d'ailleurs pas été prise d'assaut par l'ennemi. Il ne l'a occupée qu'un certain temps après que nous l'avions abandonnée. Ce fut une déplorable débandade; cette redoute à peine ébauchée, sans abris, sans autre protection qu'un semblant d'épaulement, entourée de bois cachant l'ennemi, ne pouvait être qu'un nid à bombes. Non seulement les obus y pleuvaient, mais les balles y sifflaient de toutes parts. Parmi les blessés, un artilleur avait eu la cuisse emportée presqu'au ras de l'articulation. Au milieu d'un paquet de haillons affreusement souillés de terre, imbibée de sang, on voyait le tronçon du fémur, tout rouge, cassé en biseau, dénudé de chair et remuant convulsivement. J'étais désespéré de ne pouvoir rien pour ce moribond et cruellement navré de ce que la férocité de la guerre faisait d'une vie humaine.

A côté du tragique, il y avait du comique : un jovial fantassin emportait sur sa tête, dans une vaste gamelle, la soupe de son escouade en criant d'un ton gouailleur ! « Ah ben celle là, les Prussiens ne la mangeront pas ! »

A la suite de la note comique, la note héroïque. Derrière le fantassin à la gamelle, j'ai vu deux mobiles l'un Breton, l'autre Parisien, remonter le courant de la débandade brandissant leur chassepot et retournant face à l'ennemi : « Mourir pour mourir, s'écriait l'un d'eux, avec une patriotique exaltation, mourons en faisant notre devoir. »

Ils pleuraient d'une sainte rage ces braves petits soldats, et donnaient l'admirable et touchante impression de deux jeunes martyrs qui vont se sacrifier pour la patrie.

— Vous êtes plutôt homme de lettres que médecin, dit le courrier après avoir écouté le jeune major.

— Peut être, répond celui-ci. J'ai déjà écrit au *Figaro* et publié un volume qui m'a fait admettre à la société des Gens de lettres. N'empêche que j'ai mes seize inscriptions de médecin, ce qui m'a permis d'entrer dans les ambulances.

Puis ils débattent le prix de la collaboration et l'on tombe d'accord à trente centimes la ligne, ce qui pour l'époque où Sarcey lui même parvenait rarement à faire insérer un article, était un prix fort. A ce compte là le nouveau reporter pouvait gagner facilement cinquante à soixante francs par jour, et se payer de la trompe d'éléphant, de la bosse de chameau, du filet de zèbre, du gigot de chien et autres rares morceaux de l'alimentation du siège. C'était un richard ; aussi écrivait-il par ballon à ses parents du Puy de ne pas s'inquiéter de lui, qu'il ne manquait de rien. Et même s'il avait eu plus d'ambition et d'expérience, il se serait fait payer un franc la ligne car il était de plus en plus difficile de faire du reportage militaire. On se défiait des reporters, on leur interdisait les avant-postes et le champ de bataille.

Aussi les journaux étaient-ils renseignés de très loin et très mal. Le *Temps* lui même était forcé alors de se contenter des récits approximatifs d'un correspondant, très galant homme assurément, mais qui ne pouvait dépasser les fortifications et en était réduit à interviewer des soldats, des gardes nationaux, dans quelque cabaret des portes de Paris, pour écrire de vagues articles. On ne faisait du reportage pour ainsi dire, que, par contrebande, et il vint même un moment où son pseudonyme de Major Marcel ayant été éventé, notre reporter ne signa plus ses articles.

Et pourtant, pour employer le terme d'Augereau, pas de pékin plus patriote et même plus cocardier qu'un vrai reporter de guerre. D'instinct il sait ce qu'il faut dire et ce qu'il faut taire, et ce n'est pas sa faute si, par les louanges qu'il est heureux de prodiguer au courage, sa patrie n'a pas toujours la victoire.

On a beau avoir été un sceptique boulevardier et un irrévérencieux blagueur, quand on voit la hideuse botte de l'ennemi peser sur la gorge de la patrie, quand on voit faucher ses frères par la mitraille, on a le cœur broyé, l'âme blessée à mort, et toute vanité d'ironie se dissout dans de rageuses larmes.

Mais revenons à nos personnages :

— Voulez-vous, dit l'éditeur au major, m'écrire un récit de l'abandon de la redoute de Châtillon?

— Volontiers, mais je ne sais si je pourrai toujours disposer d'un infirmier pour vous porter mes articles.

— Je viendrai les chercher moi-même, ce sera plus rapide, j'ai un bon cheval qui fait le trajet en trois quarts d'heure.

Et l'éditeur qui pendant une jeunesse très accidentée avait été piqueur chez un marchand de chevaux, partit comme il était venu, au triple galop.

Et voilà comment notre jeune compatriote devint correspondant du *Gaulois*. Pour comprendre son état d'âme, pour ne pas être surpris d'une certaine expérience qu'il avait déjà des choses de la guerre, il faut savoir que, de la fin d'août au commencement de septembre, il avait déjà fait une première campagne aux environs de Sedan, où l'ambulance s'était trouvée entre deux feux, puis avait dû revenir sur Paris où se concentrait ce qui restait de troupes après Sedan.

Il allait maintenant assister à presque tous les combats et batailles qui ensanglantèrent la banlieue parisienne. Voici un des premiers épisodes que la situation qu'occupait l'ambulance, lui permit de suivre de très près, et c'est ainsi qu'il le raconte dans *Le Gaulois* : « Nous sommes admirablement placé pour suivre les mouvements de nos soldats et des Allemands qui, entre le fort de Montrouge et celui de Bicêtre, ont lieu sous notre redoute des Hautes Bruyères que nous nous efforçons de réoccuper, après l'avoir abandonnée, et que de son côté l'ennemi veut reprendre.

Une après midi, le commandant du fort de Bicêtre envoie des marins en reconnaissance contre une escouade de tirailleurs bavarois rampant dans les vignes pour reconnaître le fort et le faible de cette redoute dont les travaux inachevés ne permettent pas encore de l'armer. Nos marins tirent sur les Bavarois dès qu'ils les aperçoivent et ceux-ci se mettent à fuir à travers les vignes comme des lièvres, mais c'est pour revenir en plus grand nombre, de façon à cerner nos marins; l'artillerie de notre fort vient alors à la rescousse et un obus bien dirigé éclate au milieu des Allemands.

Nous étions plusieurs à la même fenêtre, suivant ce drame avec une profonde émotion. Certes, nous n'eussions pas refusé de relever et de panser ceux de nos ennemis qui auraient été blessés, mais si nous devions être humains comme médecins, nous étions Français avant tout et fils attristés d'une patrie envahie. D'abord, la fumée nous cache tout; lorsqu'elle se dissipe, les Bavarois se sont enfuis, mais pas tous, il y en a un renversé au pied d'un arbre et c'est avec une joie féroce que nous le voyons étendu sur le dos, décoiffé de son casque, faisant des efforts vains et douloureux pour se relever sur les coudes...

Au bout d'une minute, un camarade revient vers lui, se penche sur le blessé avec intérêt, lui parle avec sollicitude. On devine tout cela aux gestes et aux attitudes. Il essaye de le relever, impossible, l'autre souffre trop ou il n'a pas la force. Le camarade ramasse le casque du blessé et le met à côté, puis il s'éloigne tristement, la tête basse. Voilà notre blessé resté seul au pied de son arbre. Bientôt notre cruelle joie diminue, nous avons la déception de voir, après quelques efforts, notre ennemi parvenir à s'asseoir. Il reste un long moment sans bouger, pour réparer sans doute ses forces épuisées par ce changement de position, puis il saisit son casque et le met sur sa tête avec un geste résolu. Après un court repos, ne voilà-t-il pas qu'il se relève... Nous sommes réellement désappointés. Canaille, va !

Nous ne redevenons un peu contents que lorsque nous le

voyons, forcé de s'appuyer lourdement sur son fusil pour se soutenir et ne s'en aller qu'avec peine et en traînant douloureusement la jambe. Décidément il en tient. Cette certitude nous console un peu.

Voilà les sentiments que développe la guerre, Vainqueurs, nous eussions eu pitié du blessé, vaincus, nous eussions été satisfaits de le voir rester sur le carreau — quitte à nous exposer un moment après aux coups de fusil pour aller le ramasser.

LE MORT RESSUSCITÉ. — Une autre après-midi d'octobre notre reporter revenait des lignes prussiennes avec une voiture de l'ambulance surchargée de cadavres pêle-mêle avec des blessés ; les Allemands ayant affirmé qu'il n'en restait plus, il était reparti bien tristement lorsque le long de la route il eut le bonheur de sauver un brave petit lignard dans des circonstances assez intéressantes.

Voici comment il le raconte :

« N'ayant pu trouver place dans la voiture, je m'étais hissé par un rétablissement à la place des colis, m'accrochant à la tringle de la galerie pour ne pas dégringoler dans les cahots.

« J'étais harassé, je n'en pouvais plus ; tout à coup, après avoir dépassé d'environ deux cents mètres les lignes allemandes, j'aperçois encore un de nos malheureux soldats sous un pommier, un pauvre petit lignard en pantalon rouge.

« Sans mouvement, la face contre terre, il est étendu aussi inerte que tous les morts que je viens de voir.

« Mais il vient trop tard ce pauvre cadavre ; il est étendu aussi inerte que tous les morts que je viens de voir.

« Verdis et pourris lentement, héros obscur et abandonné, tu es condamné à servir de pâture aux larves de la *musca carnaria* (mouche carnassière) et aux sinistres nécrophores, tu viens trop tard, adieu. D'ailleurs je n'aurais plus la force de descendre et de remonter sur la voiture...

« J'ai beau détourner les yeux de ce suggestif pantalon rouge, en dépit de tout, ma conscience s'agite, la voiture en m'emportant emporte aussi un remords, et mes yeux reviennent instinctivement vers l'abandonné.

« Je ne puis me décider à le perdre de vue, mais la voiture s'éloigne toujours.

« Tout à coup, est-ce un éblouissement, une hallucination causée par la fatigue? Il me semble que ce cadavre couché sur le ventre vient de relever la tête, cela n'a pas duré plus d'une seconde, néanmoins, il m'a bien semblé avoir eu l'apparition fugitive d'un visage jeune avec une barbe blonde et un regard vivant...

« Mais j'ai beau frotter mes yeux et regarder avec une fixité éperdue, pas le moindre mouvement ne se reproduit, il n'y a que l'immobilité cadavérique qui persiste.

« N'importe, cette fois je veux en avoir le cœur net, je saute de l'omnibus sur la route, je cours vers les pommiers, et j'ai l'émouvante joie de constater aussitôt que ce courageux fils de la patrie est parfaitement vivant, bien que blessé très grièvement.

« Il avait une fracture multiple de la cuisse droite qui ne lui avait permis ni de se traîner ni même de s'asseoir.

« Trop affaibli même pour crier, il ne se réveillait d'une syncope que pour retomber dans une autre, absolument épuisé par une vaste hémorragie, que je tâche de modérer par un pansement provisoire. Ses os fracturés craquent quand je le soulève, mais insensibilisé sans doute par l'anéantissement, il se laisse emporter et coucher sur l'inégal et raboteux enchevêtrement des autres blessés et des cadavres, sans pousser une seule plainte.

« Il y avait dix heures qu'il était sous le pommier et rougissait l'herbe de son sang. »

Et certainement sans la secourable intervention de notre bon Samaritain il y serait mort.

HISTOIRE D'UN SABRE. — A un nouveau combat quelques jours après, notre compatriote, en dépit des interdictions les plus sévères, parvient à reprendre aux Prussiens un sabre-baïonnette.

Les Allemands défendaient expressément d'emporter la moindre épave. En recueillant des blessés, notre major avait trouvé un chassepot le canon tordu, la crosse fracassée, pas autre chose qu'un débris de ferraille. Il demande à un sergent de lui permettre de l'emporter. « Nein! Nein!! » répond l'autre en reprenant impérieusement l'épave.

Plus loin, gît un pauvre fantassin lardé de blessures mortelles et qui probablement s'est battu corps à corps, car il a à côté de lui son sabre-baïonnette taché de sang. Notre reporter n'étant plus surveillé s'empare du sabre et le glisse, par la ceinture, dans l'intérieur de son pantalon, ce qui le fait marcher comme s'il avait une jambe de bois, et voilà qu'à la sortie des avant-postes allemands, un autre grand diable de sergent, blond et grave, s'approche du major, côté du sabre, et allongeant la main cauteleusement, dit : Fos afez, fos afez....

« Tonnerre du diable ! Je suis pincé se dit notre reporter ». — Eh bien quoi ! répond-il brutalement au geste du Prussien, pour dissimuler son embarras.

— Schnaps... répond l'autre avec un sourire obséquieux et en même temps il met la main sur la gourde qui pend au côté de l'ambulancier.

— Ah! je vois, camarade, répond celui-ci rassuré, tu veux que je te paye la goutte... tant que tu voudras, mein herr! et il débouche joyeusement sa gourde qui contient du rhum. Et voilà comment il a emporté son sabre. Quelquefois les reporters sont entraînés à faire, eux aussi, le coup de feu comme le Torpenhow et le Dick Heldar, que Rudyard kipling a sûrement dépeints d'après nature.

« Un jour que, dans la guerre du Soudan, les Arabes, dit le romancier, assaillaient les Anglais formés en carré, le reporter Dick attendit d'abord patiemment avec Torpenow et un jeune docteur ; mais l'inaction leur devint bientôt intolérable. On ne pouvait songer à donner des soins aux blessés tant que l'attaque n'aurait pas été repoussée et les Arabes s'efforçant de pénétrer dans le carré, Dick eut tout à coup la sensation d'un coup violent frappé sur sa tête, il braqua son revolver sur un visage noir, souillé d'écume, qui perdit aussitôt toute ressemblance avec un visage. Le docteur lui-même frappait de sa petite épée au hasard. »

Bien que notre major Marcel n'eut pas eu encore, comme les reporters et ce médecin anglais, l'excuse de défendre sa peau, quand il voyait nos pauvres soldats tomber sous les balles, il lui était venu plus d'une fois des impulsions rageuses de jeter sa trousse et de prendre un fusil ; or, un soir qu'on avait apporté à l'ambulance, blessé mortellement, un fantassin nommé Brunel

et originaire de la Haute-Loire, notre major s'empare subrepti-
cement du chassepot de son compatriote et s'en va à la tranchée;
il est presque nuit, notre reporter tire au jugé vers les avant-
postes ennemis, sans autre résultat, probablement, que la satisfaction de faire parler la poudre.

Mais un autre jour au crépuscule, muni d'une arme de préci-
sion, une bonne carabine Remington que lui avait donnée un des
préposés à l'armement de Paris, le commandant Gauthier, qui
connaissait son homme, celui-ci, voulant tenter une expédition
plus sérieuse, s'avance, en rampant, dans une vigne au-delà de
la tranchée, et de là, à l'affût derrière un noyer, il étudie le terrain.

La nuit qui commence impose d'ordinaire une trêve, et l'ennemi ne peut pas le voir. Mais lui, avec sa forte jumelle de marine
et un œil de braconnier, il distingue sur la lisière d'un petit bois,
en face, un groupe d'Allemands en costumes sombres et casquettes
plates; ils flânent sans défiance. Notre franc-tireur improvisé met
la hausse au point et avec application tire sur le groupe.

Le coup a-t-il porté?

Il faudrait y aller voir pour le savoir.

Toujours est-il qu'il a la satisfaction d'avoir tiré juste, car au
coup de feu le groupe s'est subitement couché dans l'herbe et en
rampant faufilé sous bois.

Tandis que notre ponot revient fier de son coup de feu comme
Français, mais la conscience inquiète comme médecin, car il pouvait avoir tué, fait une veuve, des orphelins, un capitaine se dresse
dans la tranchée et l'apostrophant durement :

— C'est vous qui venez de tirer?

— Oui, capitaine.

— A quel corps appartenez-vous ?

Le major ne répond pas.

— Vous êtes donc dans les ambulances que je vois une croix à
votre casquette?

— Oui, capitaine.

— Eh bien, c'est du propre ! Vous dont le devoir est de soigner
les blessés, ceux de l'ennemi comme les nôtres, vous faites le
coup de fusil! Votre compte est bon, je vais faire mon rapport à
la place.

— En tant que médecin j'ai tort, j'en conviens capitaine, mais si comme moi vous aviez vu les villages pillés et incendiés autour de Sedan, si vous aviez vu comme je les ai vues, les ruines fumantes de Bazeilles, dont vous connaissez sans doute l'héroïque défense, si vous aviez vu les Prussiens tirer sur notre ambulance tandis que nous allions sur le champ de bataille, notre drapeau déployé, si vous les aviez vus faire prisonnier, sous prétexte qu'il n'avait pas de brassard, un chirurgien militaire qui s'était joint à nous, vous ne me parleriez pas aussi sévèrement.

— Oh! je sais bien, dit l'officier, qu'un mot un peu gros n'effarouchait pas, je sais bien que ce sont des cochons, mais c'est à vous de leur donner le bon exemple. Pensez-vous qu'ils n'auraient pas raison de se venger sur les ambulances, si par hasard ils apprenaient que c'est un médecin qui a tiré? Allez-vous-en et n'y revenez plus.

Tout en faisant son *mea culpa*, notre ambulancier regrettait d'avoir avoué qu'il était médecin, au lieu de s'être donné comme reporter. Cette dernière qualité aurait moins fait de scandale.

Et puis si le commandant Gauthier lui avait donné une carabine, ce n'était pas, disait ce vieux troupier, pour qu'il en fit une seringue.

Il s'agit maintenant d'une équipée plus dangereuse dans laquelle va s'aventurer notre reporter avec le courrier de la presse. Ce n'est pas qu'ils fussent des héros, ils n'y avaient pas la moindre prétention, mais par les circonstances, par l'influence du milieu, par l'entraînement, par la force des choses, ils étaient arrivés, comme bien d'autres, à l'insouciance que l'on éprouve quand une fois on a admis de faire le sacrifice de sa vie et qu'on a trouvé que ce sacrifice était moins pénible que de trembler toujours. Aussi la course au danger avait fini par être pour eux plus qu'un sport; lors même qu'il n'y avait pas de blessés ils se risquaient plus que témérairement pour écrire un article.

L'aventure suivante va nous donner une idée de leur particulier état d'âme. C'était dans la première quinzaine de janvier, en plein bombardement des canons Krupp sur les forts du sud. Nos deux camarades commençaient à se connaître assez familièrement et en dépit de la différence d'âge, il s'était établi entre eux une certaine intimité de frères d'arme. Donc, une après-midi

qu'il n'y avait pas de combat dans leur voisinage, mais où les
batteries prussiennes de la redoute de Châtillon faisaient rage
contre le fort de Montrouge, dont l'ambulance n'était pas éloignée,
il leur vint l'idée folle de pénétrer dans le fort même d'où
quelques-uns de ceux qui y étaient bloqués n'auraient peut-être
pas mieux demandé que de sortir, et où avait été tué le beau et
brave officier de marine, Émile Saisset, fils de l'amiral, et qui
quelques jours avant, avait cordialement serré la main de notre
major comme lecteur de ses articles.

Les voilà donc sur l'avenue du fort, le terrain est gelé dur
comme pierre, chaque obus éclate avec un fracas formidable.
Bientôt il devient évident pour nos deux camarades que les Allemands, admirablement renseignés sur la topographie des fortifications, font systématiquement pleuvoir leurs projectiles sur
l'avenue, parce que c'est là qu'il y a un va et vient pour l'entrée
ou pour la sortie. La chaussée n'est pas tenable, on dirait que,
en ce moment, l'objectif de l'ennemi est de la balayer; nos
reporters pour avancer rampent chacun dans un des fossés, sans
nul autre abri que de loin en loin un de ces tas de cailloux qui
servent à empierrer. A chaque obus qui éclate sur leur itinéraire
l'un demande à l'autre : — « Etes-vous blessé?

— Non.

— Moi non plus.

— Allons toujours.

C'est harassant de cheminer sur les mains et sur les genoux,
ils se reposent chaque fois qu'ils peuvent se coucher derrière un
des tas de cailloux, et ils en profitent pour faire un bout de
causette.

— Si je suis tué, dit l'éditeur, c'est vous que je charge de l'ap-
prendre à ma femme et à mes enfants, vous le ferez avec ménagements, vous direz d'abord que je suis seulement blessé, et vous
aggraverez la chose progressivement, jusqu'à ce qu'on ait compris.

— Si c'est moi, dit le jeune major, vous l'écrirez à ma mère dont
vous trouverez l'adresse dans mon porte-feuille, vous procéderez
aussi avec ménagements et vous lui enverrez, dès que vous pour-
rez ma montre, ma bague et la collection de mes articles.

— Ah vous savez, major! je compte aussi sur vous pour mon
article nécrologique, et j'espère que vous le ferez de façon à ce

que mon drap noir soit égayé d'un ruban rouge. A charge de revanche si c'est vous qui êtes tué.

— Je vous remercie. Quant au ruban je l'obtiendrai peut-être pour vous, mais vous ne l'obtiendrez pas pour moi, mon chef vise le ruban pour lui et il craindrait qu'il n'y en eut pas deux pour l'ambulance.

— Votre chef, je m'en charge, notre journal le fera marcher, et tenez, ajoute l'éditeur, en ramassant tout brûlant le culot d'un obus qui venait d'éclater entre eux, je lui ferai cadeau de ce presse-papier pour l'amadouer.

Ils arrivent à la poterne du fort sans autre avarie que d'être souillés de la poussière soulevée par les éclats d'obus, et quelques déchirures aux coudes et aux genoux.

L'aspect du fort est sinistre. Les bâtiments des casernes éventrés de part en part, par les formidables obus Krupp, ruinés, démantelés lamentablement, avaient été abandonnés, et tous les combattants avaient dû se réfugier dans les casemates.

Pas une voix, pas une âme, aucun bruit que celui du canon, le choc sourd de l'obus, et la détonation de l'éclatement. Pour parvenir de la cour aux casemates on a creusé des tranchées, comme aux avant-postes, et c'est par une tranchée qu'un brave marin conduit les survenants.

La casemate où ils parviennent a l'aspect lugubre d'une longue cave voûtée humide et sombre.

Les officiers assis devant des tables fixées sur des estrades rudimentaires au-dessus de la boue du sol, écrivent ou lisent, éclairés par de fuligineuses lampes, et les soldats couchés, dans des fosses creusées à même la terre comme des fosses de cimetière, se reposent comme ils peuvent dans ces trous malsains sans autre literie qu'une couverture et leur peau de mouton.

A chaque minute éclate dans la terre amoncelée sur la voûte quelqu'énorme projectile qui menace de tout effondrer et d'ensevelir tous les occupants sous les ruines.

Quand on avait construit les forts de Paris on n'avait pu prévoir la néfaste puissance des canons Krupp.

Le fond de la casemate est déjà complètement défoncé, et on a du le boucher hâtivement et sommairement par une épaisseur de quatre ou cinq mètres de sacs remplis de terre. Des obus s'y engouffrent et y éclatent sourdement, en empoisonnant l'air confiné d'une fumée puante.

Dans leur fosse mortuaire, il y a des jeunes mobiles qui fument, rient et plaisantent, mais les officiers, plus expérimentés, plus âgés, plus conscients de la situation désespérée, mornes, silencieux, sont préoccupés tragiquement, et quand ils voient notre jeune Ponot et son fidèle Achate arriver tranquillement dans ce hourvari de tempête de fer et de feu, ils n'en croient pas leurs yeux, et peu s'en faut qu'ils ne prennent nos deux pékins pour des émissaires de l'ennemi.

— Qui êtes vous? dit en se dressant d'un brusque sursaut un capitaine du génie.

— Nous appartenons aux ambulances et venons voir si vous n'avez pas de blessés.

— Le capitaine, qui, en les dévisageant, a reconnu la casquette et le brassard de la Croix rouge, répond : — Non, pas de blessés pour le moment, mais hier cinq artilleurs tués à leur pièces, et il ajoute séchement, comme pour congédier ces deux intrus, — d'ailleurs nous avons notre service médical.

Nos ambulanciers ne l'ignoraient pas, mais, il avait bien fallu colorer leur aventure d'un prétexte plus ou moins plausible.

A leur retour, ils n'échangeaient plus de propos humouristiques ; mornes et tristes ils cheminaient cette fois silencieusement ; d'après les ravages qu'ils venaient de voir, la défense de nos forts, qu'on avait dit imprenables pour entretenir l'espoir, leur paraissait devenue impossible, et, sur ces ruines, dans lesquelles ils avaient remarqué que notre artillerie était réduite au silence, ils voyaient se dresser le fantôme livide de la capitulation.

Aussi, bien que l'éditeur l'y poussàt, le major refusa, ce soir là, d'écrire un article. Il ne voulait pas susciter le découragement et le désespoir en publiant ce qu'il avait vu, il ne voulait pas surtout que l'ennemi l'apprît par les journaux qu'il se procurait. Et il ne se sentait pas le courage de déguiser une si terrible vérité.

Tandis qu'ils se retiraient, la canonnade étant moins violente, ils ne prêtaient qu'une attention distraite à leur sécurité personnelle, lorsque derrière eux l'air fut tout à coup déchiré par une détonation et un sifflement inaccoutumés, et un projectile oblong,

de fonte brillante, vient s'incruster dans l'écorce d'un arbre à un
mètre du major.

— Tiens, dit celui-ci, avec une surprise intéressée c'est une balle
de fusil de rempart, et, avec son couteau-poignard, il essaye de
l'énucléer, mais il faut du temps, car elle est entrée dans le ligneux.
Tandis qu'il s'escrime de son mieux, seconde détonation de même
nature et un même projectile laboure le sol tout près d'eux.

— Ne restons pas là, major, c'est sur nous qu'on tire, dit l'éditeur. En effet, il n'y a qu'eux deux sur la route déserte. Mais
avant de partir notre reporter ramasse le second projectile qui
n'a fait qu'un sillon superficiel, et il déclare en le mettant dans
sa poche : Je préfère l'avoir là que dans le dos.

Effectivement c'était mieux ainsi, car ce projectile oblong
lancé par un énorme fusil monté sur une fourche à pivot, pro-
duisait, lorsqu'il touchait, des blessures épouvantables quand il
ne tuait pas sur le coup.

L'HÉROÏQUE FRANC-TIREUR NOEL. — Voici maintenant une aventure
plus dramatique et beaucoup plus compliquée.

C'était le quinze décembre vers deux heures de l'après-midi.
Un franc-tireur appuyé à une petite distance par trois tirailleurs,
du même corps avait eu l'idée folle de venir en plein jour, à découvert, narguer l'ennemi protégé par la grande muraille d'un parc
en vue de l'ambulance et percée de menaçantes meurtrières. Il
se nommait Noël. Il rampait jusqu'à la muraille, mettait indis-
crètement le nez dans les meurtrières, surprenait quelque Prussien tout ahuri d'une telle visite et le fusillait à bout portant en
semant la panique dans le cœur des autres. Ensuite il s'aplatissait
contre le pied du mur, rechargeait, allait à une autre ouverture
et recommençait. Tout à coup, comme il veut tirer, son chassepot
rate. L'aiguille, qui s'est encrassée et tordue, ne peut plus per-
cuter le fulminate de la cartouche.

Sa vie tient en ce moment à cette pointe d'aiguille. Il se recule
de quelque pas pour essayer de la redresser; mais c'est en plein
champ, pas d'abri. Il n'y a qu'un arbre, hélas, pas plus gros que la
jambe, c'est derrière cette protection illusoire que, faute de mieux,
il se met à travailler son fusil.

Les Allemands, s'apercevant alors qu'il ne peut plus riposter,

2

tirent sur cet homme seul, en convergeant de plusieurs points à la fois, et ce brave finit par tomber.

C'est à ce moment que j'arrive dans la tranchée, écrit notre reporter.

On me montre l'arbre, et je puis bientôt distinguer, aplatie au pied, une forme humaine.

Les uns disaient : Il est mort ; d'autres : Il vient de remuer, il n'est que blessé.

— S'il est blessé, dis-je, il faut lui porter secours ; s'il est mort, il mérite que l'on enlève son corps aux Prussiens.

— Ne sortez pas de la tranchée, s'écriaient les plus nombreux, vous allez vous faire casser la tête.

— On ne peut pourtant pas le laisser agoniser dans la boue comme un chien, ripostait un brave petit sergent de garde-national.

— Qui est-ce qui vient avec moi? demandai-je.

— On ne peut quitter la tranchée sans ordre, m'est-il répondu.

— Eh bien, j'y vais seul.

Je me hisse sur l'épaulement, j'enjambe et me voilà, dans la zone des balles. Je me dirige carrément vers l'arbre.

Il est évident que je commettais une imprudence, car, dans ces conditions, si irrégulières, l'ennemi n'avait pas à se gêner pour tirer sur un fantaisiste.

Mais le danger allait être en réalité bien autrement terrible que je ne le supposais, et j'étais loin de soupçonner les complications dramatiques dans lesquelles j'allais donner tête baissée.

Du fort de Montrouge, non seulement on avait vu tomber le plus avancé des francs-tireurs, mais on s'inquiétait de ses compagnons qu'on avait vu aussi ramper en tirailleurs sur la gauche, à quelque distance du premier, dans le voisinage d'un grand bâtiment sombre par le bas et à jour par le haut, comme un étendage de blanchisserie. Hanté par les envahisseurs, il semblait tout indiqué pour dissimuler quelque sinistre embûche, fatale à nos francs-tireurs.

Et c'est en ces circonstances que, tandis que j'arrivais par la gauche, le fort envoyait par la droite une escouade d'ambulanciers qui, sous le prétexte apparent de recueillir le franc-tireur tombé, avait, je l'appris plus tard, la mission secrète de dégager les compagnons de Noël.

Ma présence n'en était pas moins utile car j'étais le seul médecin de l'expédition.

Un marin portait le drapeau, il était suivi de l'aumônier du
fort et de deux gardes-nationaux dont l'un boitait et avait sur sa
tunique de simple fusilier le ruban de la Légion d'honneur. Par
un de ces hasards qui ne sont pas rares en temps de guerre, il se
trouva que je connaissais ce décoré : c'était M. F. avec lequel je
m'étais rencontré souvent à dîner chez M. W... parfois en com-
pagnie de MM. Rochefort et Blum.

Nous échangeâmes un silencieux serrement de main qui emprun-
tait quelque chose de profondément grave aux circonstances dans
lesquelles nous nous retrouvions.

Nous cheminions tristement vers ce corps aplati au pied de
l'arbre, surveillés par les Prussiens en garde derrière les embra-
sures.

Nous en voyons deux se glisser en dehors d'une brèche du
mur et ramper comme deux reptiles vers le franc-tireur.

Que veulent-ils?

Peut-être voir s'il n'a pas une montre ou un porte-monnaie,
ou constater s'il ne fait pas le mort par ruse de guerre pour que
l'ambulance le tire de ce mauvais pas.

Nous avancions toujours, et moi, qui ne me doutais pas encore
de la mission secrète, je trouvais que mon décoré était plus
anxieux, plus angoissé que ne me semblaient le comporter les
circonstances, si tristes qu'elles fussent.

Seul, le marin souriait de l'air entendu de quelqu'un qui va
faire un bon tour et portait le drapeau avec une joie qu'il avait
peine à contenir. Il était on ne peut plus ravi de se trouver en
pareille aventure ; sans l'aumônier il aurait esquissé une gigue.

Maintenant, nous voyons très distinctement le corps au pied de
l'arbre.

Des têtes prussiennes coiffés du casque nous regardent appro-
cher, à travers les brèches de la muraille, mais nous ne nous
préoccupons pas de leur surveillance.

Vers le blessé se concentre notre attention. Il est étendu tout de
son long, absolument immobile, les bras en croix, les jambes
écartées, le visage regardant le ciel, la tête dans une mare de
sang, sur la terre boueuse et noirâtre.

La région supérieure du crâne a été fracassée par plusieurs balles, les os craquent au toucher comme des coquilles de noix. Il est mort.

C'est un homme dans toute la force de l'âge, large d'épaules, bien bâti, à physionomie intelligente et hardie avec une moustache blonde. Son képi, traversé par les projectiles, gît à côté de lui. C'est un pauvre képi de pacotille, sans chiffre ni insigne, véritable couvre-chef d'irrégulier. Sa cartouchière, entrebaillée, laisse tomber les munitions, et le long de son côté gauche est couché de travers son chassepot, la culasse ouverte, et c'est ainsi que nous voyons l'aiguille tordue et encrassée.

Tandis que l'aumônier dit la prière des morts, nous fabriquons un brancard de fortune avec des pieux et des échalas, trouvés dans le voisinage, et nous emportons le cadavre dont la tête et les jambes ballottent de façon sinistre. On a enroulé sa ceinture bleue autour de la tête pour cacher les grimaçants tiraillements de son visage blême.

Jusque-là tout semblait aller assez facilement, mais voici où cela va se compliquer : maintenant, nous avions le fort de Montrouge à notre gauche et, pour être correct, il aurait fallu s'en retourner tout droit par le chemin d'où était venue l'escouade portant le drapeau, c'est-à-dire vers le fort par le chemin le plus court. Au lieu de cela nous décrivons une oblique vers la droite comme pour aller vers la blanchisserie suspecte.

Il me semblait inopportun d'allonger la promenade, inutilement selon moi, et d'abuser de la patience de l'ennemi.

Sûrement, il va nous arriver quelque histoire. Tout à coup, tandis que nous allions côtoyer la blanchisserie, nous entendons un bruit sec et métallique comme celui d'un apprêt d'armes et au même instant, une voix gutturale et brusque nous crie, impérieusement, avec un rude accent germanique : « *Halt!* ».

On s'arrête net comme des coupables et en cherchant d'où vient la voix, j'aperçois dans le haut de la blanchisserie, vers l'espace découvert, une douzaine de grands diables noirs en casque ; ce sont des Allemands vêtus de capotes bleu sombre ; ils se sont par précaution noirci le visage pour n'offrir aucune couleur claire à viser.

A peine sommes-nous arrêtés que, presque sous nos pieds,

comme des lièvres gîtés, semblent sortir de terre trois des compagnons de notre malheureux franc-tireur. Ils déboulent avec une vitesse de gibier, mais d'en haut les Allemands les surveillent ; nous voyons briller et s'abaisser les canons de fusil et aussitôt, nous avons les oreilles cinglées d'une fusillade ; les trois malheureux culbutent la face contre terre, comme foudroyés.

Non, rien ne peut donner une idée de l'impression qui vous secoue la moelle, qui vous étreint le cœur dans ces terribles chasses à l'homme vues de si près. C'était comme si ces coups de fusil nous avaient troué le cœur.

Les figures noires se penchent à découvert pour s'assurer que l'œuvre sinistre est accomplie. O pauvre vie humaine, si horriblement sacrifiée au monstre hideux de la guerre !

Mais à peine avons-nous fait trois pas dans leur direction que, tout à coup, deux de nos morts, à notre grandissime surprise, bondissent devant nous, déboulant comme des lapins.

Les Allemands sont si stupéfaits de cette résurrection inattendue que, sans aucun ensemble, quatre ou cinq coups de feu seulement retentissent.

Les deux compagnons retombent encore à plat, toujours comme s'ils venaient d'être atteints, mais cette fois nous sommes moins perplexes, nous avons compris que ces culbutes voulues et répétées sont du répertoire de l'école des tirailleurs.

Quant au troisième, toujours étendu tout de son long, il n'a pas fait le moindre mouvement depuis la première décharge, et, bien que maintenant nous soyons au courant de la ruse, il s'est effondré de telle façon qu'il nous a semblé avoir été tué raide.

Cependant, le voilà tout à coup qui relève la tête petit à petit, et se ramasse péniblement. C'est pitié de le voir faire, il parvient enfin à se traîner ; il n'est que blessé, pensons-nous, mais blessé bien grièvement.

Les Prussiens qui l'ont vu se remuer tirent dessus ; lui tout à coup s'élance d'un bond de côté comme un chevreuil, et pas plus blessé que les autres, met entre les balles et lui un amas de moellons qui bordent une carrière. Il était hors de danger.

Se dissimulant derrière le moindre pli de terrain, rampant dans les fossés, se faisant petit pour se ramasser derrière le moindre tertre, tous trois, malgré la conduite que leur font les balles, réussissent à s'échapper sains et saufs.

Pour nous, nous finissons par éclater de rire en emportant joyeusement, cette fois, notre mort et nous défilons à la barbe des Prussiens si penauds qu'ils n'osent même pas nous inquiéter.

Il est certain que nous les avions gênés dans leur tir et que notre intervention avait sauvé la vie à nos francs-tireurs.

Ou notre compatriote est pris comme un espion. — Peu de temps avant la mort épique du franc-tireur Noël, le chef de l'ambulance, étant en dissentiment avec le père Captier supérieur des dominicains traitreusement fusillés plus tard par la Commune, l'ambulance s'était installée au château de Vitry près Choisy, à portée des avant-postes occupés par des mobiles et des francs-tireurs de la guerilla de l'île de France, dont la situation périlleuse était marquée chaque jour par quelque aventure sanglante. C'était très intéressant à voir, mais ces avant-postes étaient très sévèrement interdits. Pourtant un clair matin de janvier notre major peut arriver jusqu'à la tranchée gardée par des mobiles de l'Indre, il leur demande où sont les francs-tireurs de la guerilla dont il se vante de connaître un des adjudants.

On lui répond qu'ils ont dépassé les lignes et se sont emparés de plusieurs maisons, tout près de Choisy fortement occupé par les Prussiens. Mais donnons la parole à notre reporter :

« On me laisse arriver jusqu'à la dernière barricade, et j'allais la tourner en passant par un trou de sape pratiqué dans une maison, lorsqu'une sentinelle me barre le chemin avec son fusil en criant :
— On ne passe pas. C'était un jeune mobile fraîchement grelé, ce qui le rendait très laid et lui enlevait de son autorité. Je lui réponds : — Chirurgien, service des avant-postes.

— Passez, major, me dit-il alors, avec déférence. Après lui, plus une seule sentinelle. A travers les brèches des murailles et des maisons ravagées, je traverse des jardins, des cours, d'abord au hasard, mais je ne tarde pas à m'apercevoir que dans ces décombres, il y a des ouvertures systématiques dans une direction voulue, et je me faufile.

Je m'arrêtais de temps en temps dans ces ruines désolées, dans ces maisons lugubrement solitaires, dans ces habitations mortes, trouées d'énormes brèches. Je regardais autour de moi, je prêtais l'oreille.

Tout à coup, en approchant d'un grand bâtiment qui n'est pas éventré, j'entends des voix.

Il y avait une porte devant moi, je me colle à cette porte, je découvre un trou, je regarde et j'entrevois un poste d'une dizaine d'hommes dans une remise. Ils sont coiffés de képis, vêtu de vareuses qui les font ressembler à des gardes nationaux ; ils en diffèrent par un pantalon en velours brun orné d'une bande. Je reconnais l'uniforme de la guérilla.

A leurs risques et périls ils occupent ce poste, complètement en dehors des lignes stratégiques.

Je pousse la porte, et, pour me faire une entrée, demande s'il n'y a pas de blessés.

On est un peu interloqué de mon intrusion.

Un officier blond, sec, avec une moustache à la Sambre-et-Meuse et des lunettes qui lui donnent un certain air de polytechnicien, vient me regarder sous le nez et reconnaître mes insignes.

« Quand vous aurez des blessés, mon lieutenant, lui dis-je, vous n'aurez qu'à vous adresser au château de Vitry à mon ambulance, nous viendrons les prendre.

Puis, je demande à quelle distance on est des grand' gardes ennemis.

« Vous désirez les voir ? Tenez, sortez par là et regardez derrière les arbres et les tas de pierre, vous en verrez sûrement. »

Il entrebâille lui-même un des battants de la porte de remise qui ouvre sur la grand'route de Choisy, puis rentre et referme derrière lui, en me plantant là nettement, comme un homme qui se dit : Puisque tu tiens à y aller, vas-y, moi je m'en f... mais je ne réponds pas de ta peau.

Il faisait un temps clair et froid, la grande route s'étendait devant moi toute blanche et solitaire. A perte de vue pas une âme, pas un chien, pas une poule, comme si quelque fléau formidable avait fait du pays une nécropole.

J'avance avec précaution, collé aux murailles, tendant l'oreille, fouillant du regard autour de moi, mais je n'entends rien, je ne perçois rien, et ce silence perfide, peuplé d'embûches, fait battre le cœur bien plus fort que la plus vigoureuse canonnade.

Je rampe vers un tas de cailloux et je reste un instant aplati là en observation.

A force d'écouter, il me semble que j'entends un léger bruit, en arrière de moi, dans le haut d'une maison voisine. Je prête l'oreille avec une extrême attention ; ce sont des pas réguliers allant et venant sur un plancher, évidemment le pas d'une sentinelle.

Est-ce que je serais aux avant-postes prussiens ?

Je rétrograde, je me rapproche de la maison, et en regardant dans la direction du bruit des pas, je finis par distinguer tout en haut par une fenêtre démontée un képi, puis une vareuse semblable à celle des franc-tireurs. C'était une sentinelle perdue.

Je rentre dans la maison, je monte vers mon homme.

— Qui vive ? crie-t-il en m'entendant.

— Ami ! répondis-je en apparaissant, et je me trouve en face d'un jeune homme d'une vingtaine d'années que ma visite surprend extraordinairement.

Je lui dis que j'avais l'autorisation de l'officier.

Comme je venais d'arriver, nous vîmes des Allemands traverser en courant la route de droite à gauche, tandis qu'on leur tirait dessus de la barricade française d'où nous étions bien plus loin que de l'ennemi.

Nous aperçûmes aussi un grand-garde prussien derrière un arbre ; on voyait seulement un bout du fusil et de temps en temps une pointe de coude. Il se tenait collé à l'écorce comme l'écureuil en présence du chasseur.

Tandis que nous regardons par la fenêtre, pan... pan... deux coups de fusil, et le bruit mat du plomb frappant la muraille.

— C'est pour nous, dit en riant le franc-tireur.

— Vous croyez ?

— C'est comme cela toutes les fois que l'on met le nez à cette fenêtre... tenez, regardez cette poutre au-dessus de notre tête, elle est médaillée.

Il y avait en effet une demi-douzaine de balles incrustées dans le bois et ayant plus ou moins l'apparence de médailles de plomb.

Je souhaitai bonne chance à mon insouciant franc-tireur et je descendis de son poste dangereux en me disant qu'il serait bien facile à une escouade ennemie de le cerner, de le prendre dans son galetas, puis de surprendre le poste avant même qu'il pût tirer un coup de fusil.

Content de mon expédition, je revenais par les trous de sape, cherchant mon chemin dans ces démolitions. Un moment j'eus peur de m'être égaré dans ce dédale, et cela me causa une émotion, mais bientôt, je retrouve la porte de la remise. Je l'ouvre, j'entre. Tableau...

Le poste manifeste la plus vive stupéfaction, quelques guérillas se jettent à la hâte sur leurs fusils.

D'où vient-il? D'où sort-il? se demandent-ils en me dévisageant.

Un Prussien en casque ne les surprendrait pas davantage.

Qu'est-ce que cela veut dire? Mais si eux ne me reconnaissent pas, j'ai beau regarder ces hommes qui m'entourent d'un cercle menaçant, je n'en reconnais, moi-même, pas un seul.

Enfin voici l'officier ; mais il n'est pas blond, n'a pas de lunettes ni de moustaches Sambre-et-Meuse; c'est un brun trapu, très foncé, avec une figure commune et rébarbative.

Une lueur me traverse le cerveau, je comprends : On avait dû relever le poste pendant que je faisais l'école buissonnière.

Je sens la gravité de la situation, je veux m'expliquer, l'officier rébarbatif ne m'en donne pas le temps.

J'ai beau exhiber mon passe-port, ma carte de chirurgien d'ambulance, il ne veut pas seulement y jeter un coup d'œil.

— Des papiers!... ils en ont tous, les espions, répond-il en me regardant de travers.

— Mais enfin je n'ai pas l'allure allemande.

— Vous n'en êtes que plus dangereux.

Son siège est fait; il ne veut voir qu'une chose, c'est que je viens des lignes prussiennes.

— Emmenez-le-moi à la Place, fait-il à deux de ses hommes, vous en répondez, et vous ne le quitterez que contre un reçu de sa personne.

— Prenez vos armes, leur enjoint-il en me regardant avec menace.

C'était complet, et je me rappelais l'imprudence d'un de mes collègues de l'ambulance qu'on avait coffré à Mazas, comme espion, parce que, en recueillant des blessés, il avait sottement remis à un soldat Prussien une lettre pour un ami qu'il avait en Allemagne.

Dans l'état d'exaspération où la défaite mettait le plus grand nombre, en l'appelant espion on pouvait tuer un homme, et on en tuait.

Il fallait se tirer de là à tout prix.

Nous voici à la barricade des mobiles ; la sentinelle grêlée n'a pas été changée ; je lui demande de me reconnaître, continue notre ambulancier, mais en me voyant entre deux fusils, elle sent qu'elle a fait une faute grave en manquant à la consigne en ma faveur. Elle ouvre démesurément la bouche et les yeux d'un air tout ahuri, elle balbutie des sons inarticulés et je ne puis rien lui arracher de plus.

D'ailleurs ce pauvre diable eût-il voulu me reconnaître, pouvait-il certifier que je n'avais pas communiqué avec les Prussiens ?

Voilà ce que je ne pouvais prouver à personne, voilà le terrible nœud de ma situation.

En passant au milieu des mobiles, j'affectais un air dégagé et je m'efforçais de tenir la tête haute sous les regards malveillants, mais, malgré mon innocence, je ne pouvais surmonter une certaine honte, la honte de l'homme ostensiblement conduit entre les gendarmes.

Nous marchions toujours.

Chemin faisant, mes deux gardiens m'observaient, me dévisageaient avec un sans-façon et une malveillance aussi sincère que leur conviction ; *j'étais un espion*, c'était toisé et pesé, il n'y avait pas à y revenir.

L'un était âgé, il me regardait d'un air intraitable, le plus jeune comme une bête curieuse, mais dont il fallait se méfier.

Nous passons devant le chemin qui mène à mon ambulance, je demande à y être conduit bien que j'appréhende beaucoup du chef.

Le jeune regarde le vieux. Ce dernier répond vivement : « Nous avons ordre de vous conduire à la Place ».

Puis aussitôt il ajoute en regardant son camarade :

— Ton fusil est-il armé ?

— Je vais l'armer, répond celui-ci, et en même temps il met son fusil en main et fait jouer le mécanisme.

J'affectais toujours un air dégagé. Nous passons sur la place de Vitry, elle est pleine de mobiles, tout le monde me regarde d'un mauvais œil. Je me sens très mal à l'aise, lorsque je reconnais tout à coup un beau lieutenant blond, M. de X... qui fait manœuvrer ses hommes, et qui, l'avant-veille, étant venu à notre ambulance, m'avait ramené à Paris dans sa voiture.

J'étais un peu loin de lui, mais on se raccroche à tout dans ces moments-là.

— Bonjour, mon lieutenant, lui dis-je d'une voix forte, comment allez-vous depuis avant-hier ?

Le lieutenant me toise d'un air sévère et demande aux deux guérillas :

— Qu'est-ce que c'est que cet individu ?

— Mon lieutenant, c'est un espion qui vient des lignes prussiennes.

— Pardon, lieutenant, c'est une absurde méprise, dis-je en m'efforçant de rire, et je sentais moi-même combien mon rire était forcé.

— Vous connais pas, entendez-vous, interrompit sèchement l'officier et vous défends de m'adresser un mot de plus.

Son ton était si dur, si méprisant dans son laconisme et je le sentais si bien appuyé par les impressions de son entourage, que je perdis cette fois totalement contenance comme un malheureux qu'une flétrissure indélébile jette tout à coup au-dessous de la société.

Allons, c'était fini, il n'y avait plus qu'à baisser la tête et à se résigner dans le silence. D'ailleurs cette affectation d'assurance me faisait souffrir. Je sentais que je jouais faux. Mais il y a dans le caractère cévenol un fond de ténacité qui le tire souvent des plus mauvais pas et tout en marchant je ne cessais pas de réfléchir.

Tandis que je m'accommodais très bien du silence, mes gardes s'en fatiguaient. Ils dirent qu'avant d'aller à la place ils voulaient passer au quartier.

Le quartier ? D'abord cela ne me dit rien, puis je songeai que l'adjudant auquel j'avais parlé un soir y serait peut-être au quartier.

Mais voudrait-il me reconnaître ? Ne ferait-il pas comme les autres celui-là aussi et même, avec toute la bonne volonté du monde, pourrait-il certifier que je n'avais pas communiqué avec l'ennemi ?

D'ailleurs, je ne me souvenais pas de son nom, et sans doute il y avait plusieurs adjudants.

Mais j'aurais dû être fusillé sur-le-champ que je ne le retrouvais pas, ce nom-là.

Je ne me décourageai pas, j'essayai de me représenter les circonstances dans lesquelles j'avais rencontré l'adjudant ; je reconstituai notre conversation, et d'association en association il me sembla qu'il devait se nommer Vincent.

Etait-ce bien sûr ? Si je me trompais, cette fausse manœuvre pourrait achever de me perdre.

J'hésitais à jouer cette dernière carte et nous approchions du quartier.

Enfin je me décide à parler :

— Est-ce que ce n'est pas chez vous qu'il y a un adjudant du nom de *Vincent ?*

— Si, me répond le plus jeune et tous les deux se regardent.

— Mais je le connais, Vincent, c'est lui qui m'a engagé à visiter les avant-postes, je veux le voir.

— S'il est là ? répond le vieux avec une restriction sournoise.

Nous entrons au quartier des officiers, c'est une villa au fond d'un jardin.

Je passe dans un bureau, je tombe sur l'officier blond en lunette, à moustache Sambre-et-Meuse, celui-là même qui m'a ouvert la porte de la remise.

— Ah ! sapristi, mon lieutenant, vous allez bien me reconnaître vous, lui dis-je en me campant délibérément devant lui.

Le lieutenant, me voyant entre les deux fusils, comprend lui aussi qu'il a gravement manqué à la consigne ; il me lance un regard furieux et s'échappe en me criant :

— Allez au diable, je ne vous connais pas.

Allons, c'était bien un parti-pris, je n'arriverais pas à me faire entendre.

Décidément, en ces temps de défaites et de méfiances, il eut mieux valu être accusé d'être un assassin que de passer pour espion.

Contre un assassin il faut des preuves, contre un espion il n'en faut pas, le soupçon et la rumeur publique suffisent.

Tout à coup, j'aperçois Vincent. Je fais un violent effort pour reprendre une figure sereine et je vais lui serrer la main.

— Vous m'avez engagé à visiter les avant-postes, j'y suis allé et voilà comment on me ramène, lui dis-je d'un léger ton de reproche en lui montrant mes gardes :

— Mais oui, c'est moi qui y ai engagé le major; c'est *mon ami*, ajoute-t-il en me reprenant la main.

Complaisant Vincent ! Providentiel Vincent ! Mes deux cerbères commencent à se regarder tout penauds et ils se contentent de demander le reçu de ma personne. Nous passons au bureau ; lorsqu'il faut écrire *mon ami* Vincent hésite, se gratte le front et me regarde avec embarras. Nous sommes si intimes amis qu'il ignore totalement mon nom.

Je crois deviner !

— Avez-vous besoin de mes prénoms, lui dis-je ? et les déclinant j'y joins mon nom patronymique en ayant l'air de l'ajouter machinalement.

Les autres empochent leur reçu et me laissent libre. Et c'est ainsi que se dénoua tout simplement cette situation atroce. Pour comprendre ma joie, il faudrait avoir passé par mes transes.

— Il est probable que l'on ira prendre des renseignements à votre ambulance, me dit mon bon adjudant ; si l'on vous demande où vous m'avez connu, vous direz chez Nachet l'opticien. J'y travaille pour les microscopes et j'y ai vu beaucoup de médecins et d'étudiants. »

En temps normal, notre major aurait volontiers invité à déjeûner l'ami Vincent, mais alors on ne mangeait pas, il se contenta de lui offrir une « consommation » quelconque à la cantine des guerillas tenue par une superbe cantinière, une vraie luronne, grande, brune, bien bâtie, bien cambrée, du cheveu, de la dent et de grands yeux noirs. De plus courageuse et patriote, ce qui ne l'empêchait pas de porter à ravir son coquet costume de vivandière. Avec tout cela sachant se faire respecter et ayant, comme pendant à son petit tonneau, un mignon revolver dont il lui démangeait de se servir. Mais ses liqueurs étaient loin d'avoir le velouté et le chaud rayonnement de ses beaux yeux. A la guerre comme à la guerre, c'était négligeable.

Ce qui fixait l'attention du major c'est que Vincent était triste,
interrogé à ce sujet, il répond que son frère, comme lui dans la
guerilla, venait d'être tué il y avait trois jours, à quelques pas de
la maison de la sentinelle perdue que le reporter avait visitée.
Celui-ci heureux de faire quelque chose pour le brave adjudant lui
demande quelques détails à ce sujet et séance tenante sur le coin
de la table il écrit pour son frère un article nécrologique qui
paraissait le soir même.

Voilà ce qu'on peut appeler du reportage de guerre pris sur le vif.

Et voilà comment, au lieu de jeter aux orties cette aventureuse
plume de reporter qui lui faisait courir de si émouvants dangers,
il s'acharna à continuer jusqu'à ce que la guerre civile ayant éclaté
après la capitulation, il fut prit comme espion aux avant-postes
de la Commune et aurait été traité comme tel s'il ne s'était évadé.

Mais je ne veux pas abuser de votre bienveillante attention et je
termine avec l'espoir de vous avoir montré que non seulement le
reporter de guerre est un intéressant correspondant de journal et à
l'occasion un bon Samaritain, mais encore un entraîneur de soldats.

Et lui qui était peut être avant un boulevardier sceptique et
blagueur traitant volontiers de *pompiers* les patriotes, quand il est
entré en contact avec l'armée marchant à l'ennemi, quand, par
contagion, il a lui aussi contracté la fièvre de la bataille, c'est
alors que la patrie se révèle à lui avec toute l'intensité d'affection
latente qu'a réveillé le grondement du canon et que sa plume
vibrante signale les actions d'éclat, atténue les défaites, ranime
l'espérance et inscrit glorieusement pour l'histoire le nom de ceux
qui sont morts au champ d'honneur.

C'était un héroïque reporter, ce grec qui, pour apporter plus
rapidement la nouvelle de la victoire de Marathon, donna un si
violent effort qu'il expira aussitôt après. Depuis il a eu d'héroïques
émules, et si tous ne meurent pas pour nous transmettre le plus tôt
possible les nouvelles du champ de bataille, beaucoup n'en ont
pas moins inscrit leur nom avec du sang, sur le drapeau du
reportage, après avoir comme le poète Tyrté, encouragé, entraîné
les combattants par leur prose brûlante, et fait de leurs plumes
enthousiastes des palmes de laurier.

Conférence faite le 1er mars 1912
aux « VENDREDIS » de la Société scientifique et agricole de la Haute-Loire.

LE PUY, IMP. R. MARCHESSOU,
PEYRILLER, ROUCHON ET GAMON, SUCCESSEURS.